꽃이오는길에 이핀다

강사랑 제2시집

시음사
시사랑음악사랑

그림으로 보는 詩를 꿈꾸는 시인 강사랑

신선하면서도 창의적인 언어 감각적으로 엮어가는 시적 표현이 선명한 강사랑 시인은 섬세하고 서정에 바탕을 가지고 詩作을 하는 시인이다. 군더더기 없이 맑고 투명하게 꿰뚫어 보는 詩 安을 가진 시인이다. 문학 작품은 경험의 산물로서 가치를 지니는 데서 독자는 한 편의 창작품을 통해 과거와 현재 그리고 미래를 엿볼 수 있듯 일상에서 얻어지는 표현이면서도 철학적 사상을 볼 수 있다면 독자는 한 편의 작품에서 많은 것을 공유할 수 있을 것이다.

강사랑 시인의 첫 시집 "겨울 등대"에서 추천 글 중에서 보면 〈요즘 문화예술가들을 보면 다원 문화 시대에 걸맞게 각 분야에서 자질과 실력을 보여 주는 예술가들을 볼 수 있다. 참 부럽고 누구든 해보고 싶은 꿈이며, 간절한 바람일지도 모른다. 강사랑 시인은 다재다능한 실력을 보여 주는 시인이다. 화가로서 그림도 수준급이며, 2016년 한 줄 시 짓기 전국대회에서 대상을 받을 정도로 탄탄한 실력을 갖추고 있는 시인이다.〉라고 쓴 적이 있다. 물론 지금도 같은 생각이며 앞으로도 강사랑 시인 하면 떠오르는 문장일 것이다.

강사랑 시인은 시 창작은 자아의 예술로 표현하고 눈으로 본 것과 마음으로 체험한 것을 그림 그리듯 써 내려가고 싶다고 말하는 시인이다. 작가만이 표현할 수 있는 이미저리는 그래서 아름다운 것이고 감동적인 공감대를 형성하기에 강사랑 시인을 사랑하는 독자들은 꾸준히 늘어날 것이다. 이제 2 시집 "꽃이 오는 길에 봄이 핀다"로 독자와 더욱더 가까워질 것이다. 중견 시인으로서 그 책임을 다하려 노력하는 강사랑 시인의 두 번째 시집을 시인을 사랑하는 많은 독자와 함께 즐거운 마음으로 추천한다.

(사)창작문학예술인협의회 이사장 김락호

시인의 말 – 흙과 사랑

흙이 주는 것은 단지 흙이 아닙니다
흙은 시인의 최고의 창조물이 되며
흙의 냄새로 시인은 추억을 더듬고
흙은 나무를 키우고 꽃을 피우며
평온을 유지합니다. 또
흙의 기운으로 내일의 희망을 노래하고
삶은 흙이요.
흙으로 빚어낸 모든 것이 시가 됩니다.

흙은 자연이다
자연은 시의 원천이다
그러므로 시인은 흙을 노래한다

시인 **강사랑**

본문
시낭송
감상하기

QR 코드 스마트폰으로 QR 코드를 스캔하면
시낭송, 노래를 감상할 수 있습니다.

제목 : 연정
시낭송 : 박순애

제목 : 석류
시낭송 : 김락호

제목 : 빛바랜 시간
시낭송 : 김락호

제목 : 절정
시낭송 : 박순애

제목 : 미련(봄에 찾아 온 눈꽃)
시낭송 : 박영애

제목 : 방황
시낭송 : 박순애

제목 : 봄 안에 핀 그리운 꽃잎
시낭송 : 김지원

제목 : 어머니의 청춘
시낭송 : 박영애

제목 : 아버지와 노래
시낭송 : 박영애

제목 : 유월 마지막 금요일
      아침에 쓰는 편지
시낭송 : 최명자

제목 : 검정 고무신
시낭송 : 박영애

제목 : 2월
시낭송 : 박순애

제목 : 마음
시낭송 : 박영애

 제목 : 애인
시낭송 : 최명자

 제목 : 오늘도 널 생각하며
시낭송 : 김락호

 제목 : 너에게로 간다
시낭송 : 김지원

 제목 : 나무의 꿈
시낭송 : 박순애

 제목 : 겨울 등대
시낭송 : 박영애

 제목 : 가을은 슬픈 계절
시낭송 : 박영애

 제목 : 도전해봐요
작곡, 노래 : 정진채

 제목 : 상사화
작곡, 노래 : 정진채

 제목 : 오이도 연가
작곡, 노래 : 정진채

 제목 : 너에게로 간다
작곡, 노래 : 정진채

시인은 자연을 이야기하고
시낭송가는 자연을 품었다.
글자는 날개를 달아 언어로 날고
소리는 자연에 눕는다.

1. 꽃이 오는 길에 봄이 핀다.

2. 애기똥풀(가족애)

3. 애인

4. 노래로 시를 이야기 하다

1. 꽃이 오는 길에 봄이 핀다.

프로포즈

걱정하지마 내가 다 해결 할게
당신의 용기, 믿음, 희망
이 모든 것이 사랑입니다.

봄 햇살이 머무는 정오에

4월의 실루엣을 바라보면

아직은 솜털이 몽글몽글하고

결살이 오동통한 그녀에게 빠지고 만다.

연정

4월에 피는 여린 잎새는
꽃보다 아름다운 연둣빛 물오름이다.

풋사랑의 촉촉한 입술의 느낌으로
상큼한 연애를 한다.

사랑하면서도
사랑을 그리워하는 것은
봄 안에 떨림이 되는
연두의 미소가 있기 때문이다.

봄 햇살이 머무는 정오에
4월의 실루엣을 바라보면
아직은 솜털이 몽글몽글하고
젖살이 오동통한 그녀에게 빠지고 만다.

제목 : 연정
시낭송 : 박순얘
스마트폰으로 QR 코드를 스캔하면
시낭송을 감상할 수 있습니다.

13

봄을 시샘하는 저 바람이

꽃이 오는 길목을 막아서지만

봄은 급한 것도 성냄도 없이

그냥 침묵으로

꽃을 기다립니다.

14

꽃이 오는 길에 봄이 핀다

멀리서 하늘이 열리면
발그레 분홍 미소 지움하고
봄에게는 기다리던 꽃이 옵니다.

꽃은 바람을 노래하며
햇살 가득 품어서 아낌없이 나눔 해주고
봄의 입맞춤으로 활짝 피어납니다.

봄을 시샘하는 저 바람이
꽃이 오는 길목을 막아서지만
봄은 급한 것도 성냄도 없이
그냥 침묵으로
꽃을 기다립니다.

알알이 박힌 핏빛 열정은

한여름 이글거리는 태양을 닮았으며

내 가슴에 투명하게 남겨진

붉은 그리움입니다.

16

석류

파란 하늘 눈부신 9월에
가만히 서 있는 것만으로도
너무 행복해서 터져버린 웃음
선홍빛 잇몸과 하얀 덧니가
부끄러워도 어쩔 수가 없습니다.

천진스레 웃는 모습에
입맞춤하는 날은
내 두 눈은 더욱 맑게 빛나며
아름다운 여신 향기에
미치도록 빠져듭니다.

알알이 박힌 핏빛 열정은
한여름 이글거리는 태양을 닮았으며
내 가슴에 투명하게 남겨진
붉은 그리움입니다.

찬란히 익어가는 가을날에
한 번뿐인 사랑이 아름답습니다.

제목 : 석류
시낭송 : 김락호
스마트폰으로 QR 코드를 스캔하면
시낭송을 감상할 수 있습니다.

산딸기

너는 무척이나 달보드레하다.
너의 그 보조개는
내 마음 살살 녹을 만큼이나 사랑옵다.

조붓한 오솔길 걸을 때
붉게 익은 아람 한 바구니 따오려니
내 임에게 드릴 마음
또바기로 미쁘다.

나는 너를 잊지 못하니
산마루에 몽개몽개 피어오르는 구름
돋가이 피어나는 것을
잊지 말아
너의 모습 소담스러워 오롯하다.

\# 뜻풀이
달보드레 : 달달하고 부드럽다.
사랑옵다 : 생김새나 행동이 사랑스럽고 귀엽다.
아람 : 잘 익은 과실
또바기 : 언제나 한결같이
미쁘다 : 진실하다
돋가이 : 인정이나 사랑이 많고 깊게
소담하다 : 생김새가 탐스럽다.
오롯하다 : 완전하다

빛바랜 시간

비가 내려 여름 풍경이 수채화 같은 날
그대는 커다란 우산 하나 들고
나를 마중 나왔다.

웃음을 한가득 안고서
그저 해맑게 웃는 그 엷은 미소는
빗방울에 스미어 풀잎에 반짝거렸다.

조금은 어린 날
벌써 빛바랜 시간으로
사진첩에 끼워져 그리움 가득한데
그때 기차 소리만 아직도 여전하다.

참 좋은 날이었고
웃음이 많은 날이었다
빛바랜 시간이 추억을 걸으며
오늘 이 시간을 갉아먹고
또 갈색 시간을 통통히 살찌운다.

희미해진 시간의 바램
커피 향기가 그를 닮아 창가의 흐르는 빗물에
마음 촉촉이 적신다.

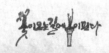

제목 : 빛바랜 시간
시낭송 : 김락호
스마트폰으로 QR 코드를 스캔하면
시낭송을 감상할 수 있습니다.

어쩔래?

해 맑은 웃음이
봄에 눈 녹듯 사르르
내 마음 살살 녹으니 어쩔래?

아가 입에서
달콤하게 녹아나는 솜사탕처럼
그 웃음 달달해서 어쩔래?

먹지 않아도 배부른 웃음
마냥 퍼주니
내 마음 수줍어지면 어쩔래?

너의 웃음에 내 마음이
커다랗게 부풀어 올라
높은 하늘로 두리둥실 어쩔래?

맑은 아가 웃음에
엄마 마음 가득 차니
동심이 되어버린 그 마음 어쩔래?

묵향

너에게선 향기가 난다.
한지의 엷은 미소에 번져가는
사랑의 향기는
가을 단풍보다 더 순수함으로 그리움 남긴다.

단풍 고아라

시월 단풍에
그리움이 가득 물들었다.

노란 은행잎 사이로 빛나는 너의 눈빛
빨간 단풍잎 사이로 두근대는 가슴
푸른 바람이 너를 휘감는다.
고운 너의 모습 그대로 품고
나는 쓰러진다.

소나기

어느 여름날
너는 나를 흠뻑 적셔 놨다.

가슴에서 천둥소리 요란하다.
정오를 지나 밥 뜸 드는 건 오래되었는데
무언의 몸짓은 소나기 내린다.

잠깐 사이 빗줄기는 지나가고
하늘은 맑게 개었고
내 마음에 무지개 떴다.

소나기 지나간 풀벌에
개망초 한 아름 피어
여름날의 연가를 부른다.

커피가 전하는 하루의 멈출 수 있는 공간과

멈춤 없이 가버린 시간에

당신 향기와 온기가 좋아서 기억으로 남아

커피의 체온으로 하루를 산다.

커피를 알다.

커피를 마시는 건 단지,
입맛을 좋게 하는 것도 아니고
위장을 채우는 것도 아니다.
커피는 생각을 마시는 시간의 여유다.
커피 한 잔을 마시며
머리까지 향기 올려서 유익하고 유쾌한 하루를
건설하고 다시 아래로 내리며
심장을 지나 사랑을 이야기하기도 한다.
커피가 전하는 하루의 멈출 수 있는 공간과
멈춤 없이 가버린 시간에
당신 향기와 온기가 좋아서 기억으로 남아
커피의 체온으로 하루를 산다.

추억 더듬이

하늬바람에 들려오는 임의 목소리는
오감을 촉촉하게 적셔준다.
코끝에 스치는 향기
눈 속에 맺히는 모습
퐁신퐁신 부드러운 살갗의 느낌
하늘거리는 옷자락의 시원함은
한 여름날의 젊은 연가를 노래한다.

다시 옛 발길 옮겨보니
그때 흐르던 호수의 물결 잔잔하고
들길에 개망초는 여전히 한들 거린데
내 여인의 얼굴 가선져서 보여
감미롭던 세월 찾을 길 없다.

카페 구석진 곳에서
옛이야기 사리 사리 피워 올리니
성그레 미소 짓는 내 임 얼굴에서 봄이 다시 온다.

추억을 더듬는 촉수 하나가 곧추서니
각다분한 지난 시간들이 녹아나
마음을 붙음키며 날연해진다.

흔적

니가 들어왔다.
나는 너에게 흡수된다.

나는 너의 말을 따라 하고
너는 나를 보며 웃고
이런 작은 행위가 어느덧 습관 되어
평범한 일상처럼 내 살이 되었다.

조붓한 방 한켠에
불빛 아래로 남겨진 너와 나의 그림자
둘이 아닌 하나로 완벽한 한 쌍이 된다
멀리멀리 될 수 있는 한 멀리로
우리의 아름다운 향기가 깊어지도록
함께 떠나는 여행길이다.

니가 작은 문을 나가고 나면
나는 어느새 보랏빛 향기 속으로 스며든다.

사랑

사랑이란
익숙해진다는 것.

그래서
자꾸 자꾸 보고 또 보고
눈으로 느낌으로 내 것을 만드는 것이다.

네가 나에게 스며드는 것이 사랑이다.

멋진 날에

사랑의 날카로운 날이 선다.

심장은 벌써 밖으로 나와
니 곁에 가서 안긴 반쪽이 해실댄다.

오감은 어느새 빛을 타고
육감으로 젖어 전율을 느낀다.

발끝에서 머리까지 치솟는
뜨거운 마그마의 열기
금방이라도 터질 듯 꿈틀거림은
기쁨이 솟아나는 가을 타는 날에
입맞춤으로 환생을 꿈꾸는
생의 작은 외침이다.

봄비

후두둑 후두둑
유리창에 빗방울 부서지는 소리에
산마루 바라보니
봄이 걸어오고 있다

봄비,
네가 봄을 세운다.

수없이 돋아난 촉수에서
생명이 꿈틀거린다.

봄비의 포로가 되어버린 봄
봄은 봄비로 인해
고결한 생명을 잉태시키고
비로소 하늘을 열어 주고 빛을 받아 올린다.

추억이 녹아난 음악이 나를 휘감고

미치도록 보고 싶을 때

전화기를 들어라

그 사람이 목소리로 걸어온다.

바람이 전하는 그리움

지나가는 바람에
그 사람의 소리가 들리거든
전화기를 들어라

지나가는 바람에
그 사람의 향기가 느껴지거든
전화기를 들어라

가을바람은
그리움을 주는 바람이다.
그리울 때는 용기를 내어
전화기를 들어라

추억이 녹아난 음악이 나를 휘감고
미치도록 보고 싶을 때
전화기를 들어라
그 사람이 목소리로 걸어온다.

고추잠자리

설렘과 두려움을 안고
코스모스 한들거리는
파란 가을 하늘을 날고 있다.

가을은 바람도 맛있다
가슴을 열어보니 텅 빈 마음
그곳에 소소한 가을 풍경을 다 담는다.

풀잎에 맺힌 가을 이슬방울에
입맞춤하고 또 하늘을 나는
한 마리 고추잠자리.

반짝이는 두 눈망울은
어제의 하루,
오늘 뛰는 맥박, 내일을 위한 날갯짓으로
가을이 꽉 들어찬다.

절정

베토벤의 운명 교향곡이
8월 앞에서 장엄하게 연주된다.
상어 이빨 같은 날카로운 햇발이
그 무엇이든 잡아먹을 기세로 열정을 품어내는 8월이다.

갈맷빛의 깊은 저수지가 바람결에도
흔들림 없이 놓은 산마루를 잉태시키고
그 속에 자라고 있는 물새 한 마리 낚으려고
너와 나는 강태공이 되어
오직 진실한 꿈 하나만을 꾼다.

8월은 누구의 기다림도 없이
무조건 전진이다.
운명을 안고 가는 길
오늘 죽어도 되는 사랑하나 힘차게 외쳐본다.

8월 젊은 태양은 멋지게 행진한다.

제목 : 절정
시낭송 : 박순애
스마트폰으로 QR 코드를 스캔하면
시낭송을 감상할 수 있습니다.

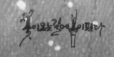

꿈.Dream - (한여름밤의 불꽃놀이)

어쩌자고 불꽃은 이리도
찬란한가!

젊음을 휘익 감고 올라가는 푸른 빛줄기
꽃이 아닌 꽃이 가슴에 피어
어둠에 오색 찬란하게 뿌려진다.
탄성을 지르는 어린아이들의 함성
넋이 나간 연인들의 발걸음
수험생을 둔 간절히 모은 어미의 두 손
불꽃을 향해 날 던 나방 한 마리
원 하는 곳으로 시간 여행을 떠난다.

한낮의 여름 더위를
밤의 적막으로 살짝 눌러 놓았다가
허공 속에서
터지는 불꽃 비명소리에
어둠의 전령이 잠에서 깨어난다.
부서지는 불빛들은 희망을 안고
끈적한 여름밤 바람에도 흔들림 없이
위로 솟아오르며 별이 된다.

젊은이여!
빛을 보고 별이 되어라.
불꽃의 혁명은 바로 이것
한여름 밤하늘을 아름답게 수놓는 것이다.

자연치유

바위와 바위 사이 흐르는 계곡 물소리
어제의 고단함을 잠시 잊어보면
초록이 좋은 이유가 여기에 있다.

내가 호흡하고 볼 수 있고
혓바닥의 감각도 살아 있으니
너는 나에게 준 것 없어도
너는 나에게 다 주었다.

여름은 청춘
세상 모든 것 생동함이
너만 바라봐도 나는 옷을 벗는다.

자연으로 돌아가려는 본능이다.

너의 아침부터 저녁까지를
좌악 훑어 내리면
어느새 하루는 또 고단함으로
초록이 내미소 안에서 여울, 여울 춤을 춘다.

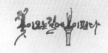

보이지 않는 슬픈 사랑(물안개)

물결 잔잔한 호수에
하얗게 피어나는 그리움 하나 있습니다.

당신은 첫날밤을 기억하지 못하는
나의 신부입니다.

당신의 숨결
당신의 몸짓에
가슴 이토록 떨려오는데
기억 못 하는 당신은
하얀 안개비 되어 하늘로 간
보이지 않는 슬픈 사랑입니다.

소나기2.

그녀의 실루엣이 가물거린다.

처마 끝에서 뚜욱뚝 토도독 토도독
대지가 붉게 타오르는 여름날,
잠시 쉼표를 찍을 수 있는 비가 내린다.

갑자기 내린 빗방울들은
그녀의 머리에서 눈썹 사이로 오뚝한 콧날을
비켜 가며 입술 안으로 들어갔다가 다시
목덜미를 타고 따뜻한 가슴을 느끼며
고요함 속에 흐르는 절정에 이르러
그 누구의 마음에 스며든다.

사랑스런 그녀의 머리부터 발끝까지
모두 촉촉이 적셔버린
물방울들은 유리 파편처럼 부서졌다가
다시 하나 되어 유유히 흐른다.

너의 부드러한 몸짓에

나는 체온을 유지하며

겨드랑이 너와 마주하는 아침선반은

너의 향기가 내게 전해질 때

너는 내게 다 스며들어와

완전한 내가 되어 날연하다.

커피의 유혹

진한 갈색 향기를 갖고
서분서분한 성격의 커피
괭하게 닦아 놓은 그릇에 앉아있다.

투레질하는 앙증맞은 입술에
목젖을 타고 마중물 되어
너를 느끼는 이 시간
물마루를 잦은 오르가슴이다.

너의 부드레한 몸짓에
나는 체온을 유지하며
겨트로이 너와 마주하는 아침선반은
너의 향기가 내게 전해질 때
너는 내게 다 스며들어와
완전한 내가 되어 날연하다.

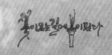

미련(봄에 찾아 온 눈꽃)

뜻밖의 손님이다.
오리라 생각 못 한 잊혀진 임
어쩌자고 이제 와서 눈물로 하소연하는지

겨울, 다 주지 못한 사랑 아쉬움 안고
술에 취해 휘청거리며 눈꽃 되어
한없이 울고 또 울고
눈가에 촉촉이 눈꽃물 스미었다.

봄을 등에 업고 찾아온
아직도 모자란 사랑에
농부는 밭을 갈고
농부 아내는 물을 끓이고
수줍은 꽃들은 발그레 얼굴을 내민다.

3월 회색 하늘이 땅에 닿는 날
눈꽃은 아쉬움도 미련도 없이
먼지가 되고 바람 되어
작년 가을에 떨어진 풀씨의 호흡으로 묻힌다.

제목 : 미련(봄에 찾아 온 눈꽃)
시낭송 : 박영애
스마트폰으로 QR 코드를 스캔하면
시낭송을 감상할 수 있습니다.

방황

갈 곳 몰라 헤매다가
이유 없이 홀로 있다는 마음 하나는
외로움이다.

풀 한 포기 없는 바람 차가운 겨울에
꽃이 보고 싶어 내 마음 더욱
애처롭게 떠돈다.

초록빛 가득할 때
피어난 개망초 한 아름

사랑한다는 그 한 마디도 못 하고
방황하는 외로움이
쓸쓸히 노을에 젖으며 조용히
사랑을 부른다.

제목 : 방황
시낭송 : 박순애
스마트폰으로 QR 코드를 스캔하면
시낭송을 감상할 수 있습니다

시월에 만난 고마운 그대

흙어가는 농촌의 들판을 바라보며

비우는 마음과 나누는 마음에 문을 열고

초침도 없는 모래시계처럼

평온함을 석양빛으로 물들이는 가을입니다.

시월에

노란 미소로 추억 길 걸으며
그대는 가을 되어
예쁘게 녹아 흐릅니다.

그대는 어린 생각을 청아한 빛으로 연주하고
어머니 입김처럼 따스한 호흡으로
춤을 춥니다.

사랑하는 마음에 감사의 열매가 열리고
그대는 가을 하늘빛 미소를 머금고
정오의 태양 빛으로 꽃들에게 희망을 전합니다.

시월에 만난 고마운 그대
늙어가는 농촌의 들판을 바라보며
비우는 마음과 나누는 마음에 문을 열고
초침도 없는 모래시계처럼
평온함을 석양빛으로 물들이는 가을입니다.

첫눈에 반한 사랑

줌으로 널 끌어당긴다.
한 눈으로 널 바라봤을 때
내 가슴에 널 찍었다.

너는 꽃이요
너는 하늘이요
너는 나무이며
너의 아름다움을 내 눈에 다 넣어
심장 깊숙이 숨겨 놓고
어쩌다 생각이 나면
그때 또 한 번 꺼내 본다.

셔터를 누르며 빛을 너에게 보내면
화들짝 놀란 나는 그 순간
아름다운 시간을 멈추게 할 수 있다.

꽃잎 그리운 날에

길고 긴 겨울 동안
나는 널 부르고 불렀다.

그 엷은 꽃잎 날리던 그 봄바람에
눈시울 적시며
나는 너를 품에 안고 서러움에 울어댔다.
꽃이 피어도 눈물 나고 꽃잎 날려도 눈물 나니
마르지 않는 이 눈물 어이할까나?

보고 또 봐도 보고 싶은
봄 안에 핀 그리운 꽃잎
니가 그토록 예뻐서 꽃이라 부르니
그 꽃잎에 흠뻑 젖어 서러운 눈물 감추고 싶다.

제목 : 봄 안에 핀 그리운 꽃잎
시낭송 : 김지원
스마트폰으로 QR 코드를 스캔하면
시낭송을 감상할 수 있습니다.

보고 싶어라

앞마당에도 뒷마당에도
커피가 볶아지고 있다.

갓 볶아낸 커피를 갈아서
향기를 담아내면
모락모락 피어나는 그대 그리움이
아, 보고 싶어라

커피 향기 나는 이 가을
지독히 사랑하고 싶어라.

빗방울

떨어진다
풀잎 위에서 방울방울 또르르

떨어진다
처마 끝에서 뚝 뚝 뚝

내 마음에서
사랑이 떨어진다.
빗방울처럼 방울방울

빗방울 떨어지는 소리에
닫혔던 대지가 문을 열고
내 임을 반겨 맞이한다.

2. 애기똥풀(가족애)

바람이 따뜻해져서 온기가 흐르면 남쪽으로
갔던 제비들은 날아와 둥지의 아기 제비들을
보살핀다. 아기 제비는 태어나면 눈이 부셔
눈을 뜰 수 없다고 한다. 그래서 신비의 약초
를 바르면 낫는다고 해서 아빠 제비가 약초를
구하러 갔는데 불행하게도 뱀에게 물려 죽었
다. 그 약초가 바로 애기똥풀이다. 애기똥풀
은 "아빠의 끝없는 사랑", "엄마의 정성"이라
는 예쁜 꽃물을 갖고 있다.

기도

욕심은 내 삶을 더욱 공허하게 만들고
기쁨을 작게 만들며 웃음 또한 마르게 합니다.
부디 욕심으로 채워지는 삶이 아니길 하소서
상대적 빈곤감으로 나의 행복을 불행으로
느끼는 바보가 아니길 기도드립니다.
생명의 존재를 감사히 여기며 밝은 인사가 웃음이 되어 복이 되는
순수 사랑을 하게 하소서

이 순간 사소해서 고마움을 지나치는 모든 것
가령,
아내가 된장국을 싱겁게 끓여 준다고 해도 맛있게 먹을 수 있고
가장의 양말에서 냄새가 나더라도 발을 씻겨주는 여유의 미소를
갖도록 하고
아이의 시험 점수가 형편없어도 건강한 웃음에 감사할 수 있도록
하소서
혹여 나보다 없는 이에게 하나 더 준다고 아깝다는 생각을 하지
말게 하소서
인생의 반은 내 것이 아니니 못 가진 것에 대한 불평보다
갖고 있는 것에 아낄 줄 알고 만족할 수 있는 마음을 주소서
입구가 있으면 출구가 있고 채움이 있으면 비움이 있는

순리를 진리로 깨닫게 하소서

내가 뿌린 씨앗에 책임을 다해 꽃을 피울 수 있도록 하시어

이 삶이 헛되지 않도록 하소서.

어미 된 마음으로 우리의 아들, 딸을 사랑하게 하소서

애기똥풀

산에 산에
노란 애기똥풀꽃 피었다
우리 아가 아프지마라
아프지마라
노란 애기똥풀꽃
눈에 바르면
아프던 눈이 낫는다
아가아가 우리 아가
아프지마라
벌에 쏘여
노란 애기똥풀꽃 피었다

애기똥풀

산에, 산에
노란 애기똥풀꽃 피었다.

우리 아가
아프지 마라
아프지 마라

노란 애기똥풀 즙 눈에 바르면
아픈 곳 다 나은단다.

아가, 아가 우리 아가
아프지 마라

들에, 들에
노란 애기똥풀꽃 피었다.

남편 예찬

내 인생에 무덥고 힘든 날
그늘을 찾겠다고
높은 하늘 바라보며 한숨지을 때
이파리 넓게 펴주며 보듬어주는
사랑이 있습니다.

세상 살면서 나에게 찾아온 큰 사랑은
편안하고 고마운 휴식처였고
작은 미소에 마냥 가슴이 뛰어
하루가 행복해지는 공기 같은 사랑
그 사랑이 있기에 오늘도 행복합니다.

내 사랑은 늘 가까운 곳에서
남편이라는 이름으로
가족의 버팀목이 되며
뜨거운 태양 아래 행복한 그들을 만들어 줍니다.

세상에 남편만큼 좋은 남자가 또 어디 있으랴!

하루살이

하루살이는 나이를 먹지 않는다.
날갯짓하는 순간에
색이 보이고 바람의 향기를 느끼며
그 순간을 비행하며 행복하다.

하루살이는 하루 동안의 사계절을 살고
시작도 없고 끝도 없는 이 순간을 선택한다.
하루를 산다는 건 용기다.

알 수 없는 내일을 두려워하지도 않고
누구를 의지하지도 않으며
하루를 산다고 신을 원망하지 않는다.

하루살이의 소중한 하루
가끔은 하루살이가 내 눈앞에서
뭐라고 그림을 그리는지 생각해 볼 일이다.

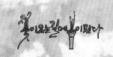

멋진 내 남자

나를 꽃 중의 꽃이라 말하는 당신
멋진 남자 내 남자

하늘에 별과 달을 따다 준다는
꿈같은 이야기에 나는 희망을 품고
곁에 두고도 보고 싶다고 말하는 당신
멋진 남자 내 남자

배고프다 사랑 고프다 투정 부리는
어린아이 같은 당신 정말 얄미운 당신
멋진 남자 내 남자

비 오는 날이면 카페에 앉아
커피에 사랑 녹여 마시고 싶은
함께 할 수 있어 좋은 남자 멋진 내 남자
그대 위해서 오늘도 거울을 보는 여자
나는 당신 여자랍니다.

어머니의 청춘

어머니는 추억의 책장을 넘기시며
빛바랜 사진 한 장 속에
당신이 얼마나 젊고 아름다웠는지를
새삼 흐느낍니다.

칠십 평생 살아온 날
푸른 하늘 바라볼 틈도 없이
여기에 멈춰서니
어느덧 어린 손주 녀석이
성년이 되어 술 한 잔 마주 부딪힐 날을 꿈꾸신다.

앨범 안에 갇혀 있는 과거의 시간들속에
지금 당신 옆에 없는 옛사람 그리워하며
노을이 그리움처럼 타들어가는 저녁
당신 아들이 어느덧 그때
그 청춘을 걷고 있습니다.

청춘은 눈물을 삭히는 고뇌의 빛깔이며
청춘은 멀리 바라볼 때 비로소
푸르다는 것을 알 수 있듯
당신은 아직도 푸른 잎의 청춘입니다.

제목 : 어머니의 청춘
시낭송 : 박영애
스마트폰으로 QR 코드를 스캔하면
시낭송을 감상할 수 있습니다.

아버지와 노래

노래 속에 아버지의 삶이 있다
아버지 삶 속에 노래가 있다
노래 한 가락 한가락이 아버지다.

푸른 목장에 젖소 다섯 마리가 새벽을 깨우면
아버지는 양동이에 하얀 희망을 짜냈다.
덜컹거리는 비포장도로를
자전거 페달을 밟으며 음표를 달았고
집으로 돌아오시는 아버지의 발걸음엔
내 새끼들 웃음을 빈 우유병에 담았다.

아버지는 노래하는 직업을 가진 것도 아닌데
노래를 하시고 노래 속을 걸으셨다.
어린 소년가장의 가난함도 노래로 채우며
젊은 시간의 부서진 아픔도 장구 소리에
설움을 다 담았다.

초록 무성한 이파리엔 어느새
흰 눈이 내려앉고
굽어진 가지만 앙상하여
좀처럼 펴지질 않는 늙은 청춘이 되었다.

적막한 밤을 소리 없이 씹어 삼키시며
썩지 않을 눈물로 하루를 재우고
말 없는 가르침은 늘
우윳빛깔을 닮으라 하였다.

제목 : 아버지와 노래
시낭송 : 박영애
스마트폰으로 QR 코드를 스캔하면
시낭송을 감상할 수 있습니다.

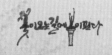

청보리밭

내 아버지 고향 고창 4월이면
청보리밭 축제가 열린다.
끝도 없이 펼쳐진 지평선 바라보며
초록 물결에 가온길 걸어가리라던
어린 꿈도 함께 익어간다.

비단결 같은 청보리는 황금 물결이 되어
살아서 못 먹었던 감투밥 실컷 드시라며
주럽스런운 일에 끝자락을 보이며 매듭짓고
그린나래 펼치지도 못하고 꽃가람 건너셨다.

남겨진 숨 하나와 새근거리는 작은 숨들을 안고
청보리밭 고향을 떠나온
홀앗이 30년인 어머니 눈가에
어느덧 가선져서 애처롭다.

신새벽 아침을 향해 희번한 하늘 바라보며

살아있는 웃음 잠뿍 담아내면

해갈이 하며 찾아오는 새로운 봄에

청보리밭 풋풋한 흙 내음이 서러운 가슴에 머문다.

뜻풀이
* 해지개 : 해가 서쪽 지평선이나 산너머로 가는 곳
* 감탕밭 : 곤죽 같은 진흙땅
* 주럽 : 피로하여 고단한 증세
* 감투밥 : 그릇 위까지 수북하게 담은 밥
* 홀앗이 : 살림살이 혼자 맡아 처리하는 처지
* 신새벽 : 아주 이른 새벽
* 희번한 : 동이 트며 허연광선이 조금 비쳐서 변함
* 잠뿍 : 가득
* 가선지다 : 눈시울에 주름지다

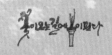

꽃향기를 풍기는 남자

해 뜨면 기쁨으로 샤워를 하고
웃음으로 에너지를 채우는 남자입니다.

커피 한 잔에도 사랑을 넣고
따스한 입김으로 평화를 외치는 남자입니다.

선분홍빛 작은 심장에
꽃씨를 뿌려 주는 햇살 같은 남자입니다.

슬픔의 흘린 눈물을 진주로 만들고
겨울에도 피는 애기똥풀의
풀꽃향기를 풍기는 남자입니다.

아빠의 웃음

가난했던 젊은 날 그리도 저축할 것 없어
웃음조차 저축해 놓으신 아빠의 청춘
이젠 고희를 넘긴 연세에
손자 녀석의 철없는 재롱을 보며
웃음을 쏟아내신다.

그 어린 천사가 어디서 나와
고목에 물을 주는지
말라버린 웃음에 새로운 싹을 틔우게 한다.

"허허허..."
빠진 이가 없는데도
어디선지 바람 빠지는 소리가
웃음소리와 혼합이 되어 나온다.
그래도 좋다.
우리 아빠의 웃음소리

솜사탕

블랙커피가 진하다고
달달한 설탕을 넣는 당신
부드러운 크림도 넣고 싶은 당신
그래서 사랑도 부드럽고 달콤하길 바라는 당신
어린아이의 해맑음입니다.

흰구름 닮은 솜사탕을 입안에서
살살 녹이며 눈을 감으며
동화 속 주인공을 꿈꾸는 당신
당신의 사랑은 잡힐 듯 잡히지 않는 무지개 같은
설탕 뭉치 솜사탕입니다.

당신의 블랙커피가 솜사탕처럼
느껴질 때 가슴에서는 사랑이 피어납니다.

11월 흐린 어느 날

곱던 잎새 낙엽 되면
얼기설기 까치집엔 휭하니 바람만 불고
회색 구름이 도시를 휘감을 때
나는 베란다 바라보며 차 한 잔을 마신다.

이런 날에는 왠지 누군가 찾아와 줄 것만 같은 예감이 든다.

희미한 기억 속에 편지를 기다리며
우편함을 뒤척이듯 핸드폰을 검색하곤 한다.

이렇게 하늘이 낮게 내려앉은 날
사다리도 필요 없이
하늘에 올라 눈꽃을 만들고 싶다.
첫눈과 첫사랑을 기억하는 이들에게
또 한 번의 시작을 그 마음에 수 놓아주고 싶다.

겨울이 문 앞에서 서성이는 11월 흐린 어느 날
널 닮은 첫눈을 기다린다.

유월 마지막 금요일 아침에 쓰는 편지

에누리 없는 유월
한 치의 양보도 없이
달을 채우고 일주일을 채움으로써
또 시작할 칠월이 가슴 벅참이다.

들길에 장미가 가득이고
내 마음에도 장미가 붉게 물든
유월의 마지막 주를 생일이라 하여
아쉬움 없이 마감하고
또 출발선에서 기지개를 켠다.

간밤에 내린 비로 오늘 아침이
세수한 얼굴처럼 뽀얗고
설거지해 놓은 그릇의 뽀드득거림처럼
새소리 아주 상쾌하다.

그리고 오늘은 금요일 아침이다.

만인들이 열광하는 금요일

자유를 맛본 사람들이 자유를 동경하며

찾는 일주일의 평화를 주는 요일이다.

어제와는 사뭇 다른 건 없지만

새 노트에 그림을 그리고 예쁜 글씨를 써야만 할 것 같다.

초록색 아낌없이 쓰는 여름날의 풍경을 스케치하자

내가 사랑하는 사람과 또

나를 사랑하는 사람을 위하여

오늘을 평화롭게 살자

제목 : 유월 마지막 금요일
아침에 쓰는 편지
시낭송 : 최명자
스마트폰으로 QR 코드를 스캔하면
시낭송을 감상할 수 있습니다.

검정 고무신

앵두꽃, 자두꽃 피어날 때
밭이랑에 줄 씨뿌리기 하시는 아버지 손길이
벙그레 웃음 지으며 그린나래 펼쳐진다.

해찬솔 아래 가지런히 벗어 놓은
검정 고무신에 하얀 나비가 꽃을 피우려 속삭인다.

감나무에 감꽃이 몽올몽올 피어오를 때
실에 꿰어 목걸이 만들어주시고
돌담 아래 피어있는 봉숭아 꽃잎 따서
손톱에 꽃물 드려주시던 그림내 우리 엄마

조, 수수, 콩, 팥 갖가지 낟알들을
애오라지게 담아 주는 가을날
말없이 서 있는 허수아비 손사래가 참 없다.

얼금얼금 짜내려 간 나달은
옛 살라비 흙내음 으스름달에 허우룩하고

밤 마루의 싸라기별이

댓돌 위 가지런히 벗어 놓은

검정 고무신에 내려오면 여름밤 혜윰을 꿈꾼다.

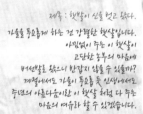

제목 : 햇발이 신을 벗고 갔다.

가을을 풍요롭게 하는 건 강렬한 햇살입니다.
아낌없이 주는 이 햇살이
고단한 농부의 마음에
버선발로 왔으니 반갑지 않을 수 있을까?
계절에서도 가을이 풍요롭 듯 인생에서도
주년의 아름다움이란 이 햇살 처럼 다 주는
마음의 여유라 할 수 있겠습니다.

뜻풀이
* 그린나래 : 그린 듯이 아름다운 날개
* 해찬솔 : 햇빛이 가득 차 더욱 푸른 소나무
* 싸라기별 : 싸라기처럼 아주 잘게 보이는 별
* 애오라지게 : 부족하지만 넉넉하게
* 옛 살라비 : 고향
* 나달 : 날과 달로 세월을 뜻하는 순 우리말
* 혜윰 : 생각하다

제목 : 검정 고무신
시낭송 : 박영애
스마트폰으로 QR 코드를 스캔하면
시낭송을 감상할 수 있습니다.

모든 세월 자식의 효도 한 번 못 받아보고

가신 그 길이 얼마나 외롭고 쓸쓸한지

마지막 남겨진 엄마 모습보다 더 늙어버린

아들은 달이 지고 해가 뜨고 바람 불어와도

구절초의 아홉 마디 굽어진

어머니의 그 사랑 어찌 잊으리오.

구절초 사랑

젖먹이 어린아이처럼
엄마, 엄마라고 부르고 싶어요.

어머니의 멈춰진 시간은
너무도 여리고 순수합니다.
늘 말없이 아들이 가는 길 지켜만 바라보신
어린 어머니

모든 세월 자식의 효도 한 번 못 받아보고
가신 그 길이 얼마나 외롭고 쓸쓸한지
마지막 남겨진 엄마 모습보다 더 늙어버린
아들은 달이 지고 해가 뜨고 바람 불어와도
구절초의 아홉 마디 굽어진
어머니의 그 사랑 어찌 잊으리오.

어머니의 살내음도 한 세상이고
어머니 영전에 향내음도 한 세상
하늘빛은 변함없는데
이렇게 세월은 흘러
가슴에 사무치도록 그리움만 가득
채워집니다.
"보고 싶어요. 우리 엄마."

가을 인연

지나던 가을이 문을 두드린다.

여름이 떠나려는 햇살 맑은 날
얼굴에 미소를 한가득 담는다.

설렘으로 맞이하는 점심시간
서너 명이 모여 앉아
모두 친구가 된 자리에
코다리찜이 입을 호강시킨다.

가을날 동무들과 함께
지난여름의 바다를 마시며
짭조름하게 익은 여름을 보낸다.

하루의 반나절은
커피 향을 따라 여행하고
꿈 많던 지난 푸른 이야기와
새로운 만남의 기쁨과 배움의 찬란함을
커피숍 모퉁이에 흠뻑 적셔 놓는다.

가을 인연에는
단풍색의 언어가 풍성하며
낙엽 타는 향기를 담고 있다

2월

팔삭둥이로 달을 채우지 못하고
태어난 2월은
늘 안타까움과 아쉬움이다.

겨울도 아니고 봄도 아닌
모자람만 듬뿍 안고 있는 2월이다.
까칠한 성격에 늘 불만투성이고
눈이 내려도 반겨주는 이 없고
바람 불어 봄을 일으켜 세워도
꽃은 피지 않는다.

열두 형제 중
제일 못난 자식이지만
그래도 어미 품속에서는 없어서는 안 될
보물 중 보물이라 2월 호흡이 귀하다.

부족하다 욕하지 마라!
2월 안에 숨 쉬는 정월 대보름 달빛이
온 세상을 다 밝혀주는 되리란다.

제목 : 2월
시낭송 : 박순애
스마트폰으로 QR 코드를 스캔하면
시낭송을 감상할 수 있습니다.

좋은 예감

비가 내린 후
산을 오르라.

먼 산 뻐꾸기 소리,
맑고 깨끗하여 방울방울 풀잎에 맺힌다.
가볍게 불어오는 바람,
옷자락을 펄럭이며
긴 머리카락 스담스담해 주니
좋은 예감이 든다.

혼자 걷는 이 산행길이 외롭지 않다.

나무가 숨 쉬고 나도 따라 숨 쉬니
우리 5월의 푸르름을 약속한다.

오늘도 좋은 예감.
나무의 향기가 이렇게도 좋았던가!
가던 길 멈추게 하는 5월의 빛깔이
평온함으로 바쁜 일상을 잠시 접는다.

가을에는 당신 웃음으로

어제 그 키스가 달콤해서
오늘 사랑이 아름답고
그대와 있는 것이 행복입니다.

가을을 알리는 빗방울이 유리창에 부딪힙니다.
바람이 제법 차갑군요.
참나무가 활활 타오르는 벽난로가 있었으면 하는 바람으로
열어 두었던 문을 닫습니다. 그리고 양초에 불을 밝혀봅니다.
온기가 방안 가득 퍼져옵니다.
당신의 가슴에서 피어난 사랑처럼

찬바람에 길던 햇발이 스르르 꼬리를 감추고
어둠이 일찍 찾아오니
한낮의 호흡이 짧습니다.
그렇다고 슬퍼하거나 가을 탄다고 하지 말아요.
가을에도 꽃은 피고 해는 떠오릅니다.
이 가을에 당신의 웃음으로 알곡이 익어갑니다

우리에게 가족이란 울타리가 있습니다.
텅 빈 가슴에 사랑으로 채우는 선물이 가족입니다.
당신의 힘찬 숨소리가 우리의 큰 희망입니다.

하늬바람(서해고 축제)

아들아, 딸아
두드려라
힘차게 북을 치고 나발을 불며
푸른 기상을 안고 가온누리 되어라.

작은 책상 위에 책들과 벗하고
운동장에서 그린나래 펴는
너희가 세상의 주인공이다.

서쪽 바다의 희망찬 기운을 받아
항해하고 싶은 작은 소망 하나로
생활 속에 윤리 있고
음악 속에 생활 있으니
지금 교과서의 진리를 배움으로 늘품 되어라

청소년 예술제의 꽃으로 피어나는
어울림의 국악 연주가 밀물처럼
짜릿한 감동이 사랑웁다.

참된 꿈과 끼가 한데 모여

토실한 열매로 도담도담 잘 익어가길

하늬바람이 느루하게 한올지다.

뜻풀이
* 가온누리 : 세상의 중심
* 늘품 : 앞으로 좋게 발전 할 품성
* 사랑옵다 : 생김새나 행동이 사랑을 느낄 정도로 귀엽다.
* 도담도담 : 어린아이가 별 탈없이 잘 자라는 모양
* 느루 : 오래도록
* 한올지다 : 사람의 관계가 한가닥으로 꼬인 실처럼 매우 가깝고 친밀하다

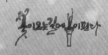

동무 생각

돌받기, 고무줄놀이에 해지는 줄도 모르고
흙으로 두꺼비집 짓고 함께 놀던 벗
또바기로 동무 사랑 변치 말자며
한솥밥 즐겨 먹기도 했다.

세월은 소리 없이 명지바람으로
꽃을 피우고 또 열매 맺었고
우리는 연초록 빛깔에서 갈매 빛으로
어느덧 너는 너 나는 나
제각각의 색으로 곰비임비 익어간다.

별똥별이 말없이 떨어지는 서리가을
허우룩한 마음 위안될 길 없다
내 인생에도 어느덧 찬바람 머리 불어오니
새것보다는 옛것이 아름 거리고
모든 숨탄 것이 소중하고 사랑옵다.

살살이꽃이 만개 하는 가을에는

어제가 그리움 되어 옹글다

알록달록 곱게 물든 잎으로 살피 만들어

추억의 책장에 꽂으니

동무 보고픔이 여울진다.

뜻풀이
* 또바기 : 언제나 한결같이
* 곰비임비 : 물건이 계속 쌓이거나 일이 계속 일어나는 모양
* 명지바람 : 보드랍고 화창한 바람
* 갈매 빛 : 검은 빛깔이 들 정도로 짙은 초록
* 서리가을 : 서리가 내리는 늦가을
* 찬바람머리 : 아침저녁으로 찬바람 불어오는 늦가을
* 허우룩 : 서운하고 허전한 마음
* 숨탄거 : 생명을 가진 여러 동물을 통틀어서 부르는 말
* 살살이꽃 : 코스모스의 우리말
* 살피 : 책갈피
* 사랑옵다 : 생김새나 행동이 사랑을 느낄 정도로 귀엽다.

낙엽은 지난날들의 사랑이 식었다며

한 날의 허무한 꿈이라 부르면서

땅 깊은 어둠 속으로 사라져 간다.

낙엽

길 위에 낙엽이 슬피 운다.
미처 잡지 못한 사랑 하나 때문에
고백 못 한 말들은 땅 위에서 뒹굴고 있다.

슬픔이 오래되어 삭혀질 때쯤
푸르렀던 지난 기억은 다 부서져 가고
낙엽은 아쉬움도 그리움도 없으며 눈물도 없다.

손으로 잡으면 바스락 부서질 것 같은 인생
부질없는 욕심으로
오늘을 상처받고 고독에 빠진다.

낙엽은 지난날들의 사랑이 사치라며
한 날의 허무한 꿈이라 부르면서
땅 깊은 어둠 속으로 사라져 간다.

3. 애인

시는 철학이다.
시는 깨달음이다.
시는 짧은 글이지만 깊고 넓다
시는 애인이다.

마음

마음 안에 내가 있고
내 안에 마음 있어
그 마음 외로운 나그네라 할 수 있을까?

마음에 비가 오고, 눈이 오고, 바람 불어도
꽃이 피면 마음이 쉴 수 있는 집을 지어야겠다.

나보다 먼저 가야 하는 마음
흐르지 않는 피를 흘리며 상처가 나도
눈물 없이 울어야 하는 내 마음을
토닥토닥 다독여 줘야겠다.

늘 지쳐 위로받지 못한 마음이
나의 주인이 될 수 있도록
내 마음에 푸른 씨앗 하나 심어주자.

이 땅에 떨어진 육체 하나 끌고 가기 위한
내 마음에 가장 예쁜 생각을 주고 싶다.

제목 : 마음
시낭송 : 박영애
스마트폰으로 QR 코드를 스캔하면
시낭송을 감상할 수 있습니다.

이브닝 커피

밤에 잠 못 이루게 하는 것이
바로 당신이었습니다.

불면증 같은 하얀 밤
이리저리 뒤척이다가
잠에서 깨어 노란 스탠드 불 밝힙니다.

적막을 깨는 벽시계의 초침은
이 밤을 이브닝 빈 커피잔에 채우고 있습니다.

노을이 물들어갈 때
당신은 나를 유혹합니다.

그윽한 향기, 따스한 숨, 까만 눈동자
휴식을 함께 하자는 그 말을 해놓고
덩그러니 이브닝 커피잔만
탁자 위 홀로 외로이 밤을 지새웁니다.

한 남자가 한 여자와 같은 시간을 함께할 수 있는
사랑입니다.

사랑은 이런 건가 봅니다.
밤에 잠 못 이루게 하는 이브닝 커피 같은 거.

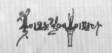

다소곳이 고운 자태로 피어있는
다홍치마 능소화야
울지 마라
붉은 가슴으로 오지 않을 임
기다리다 지쳐 꽃이 되어도
원망하지 않으련다.

능소화

나는 사랑을 보았네
덥던 여름 어느 날 담장을 지나면서
흔들리는 바람이 능소화에 머무는 것을

다소곳이 고운 자태로 피어있는
다홍치마 능소화야
울지 마라
붉은 가슴으로 오지 않을 임
기다리다 지쳐 꽃이 되어도
원망하지 않으련다.

사무치는 그리움
소리 없는 몸짓은
날 좀 봐주오 하며
지나가는 행인의 발목만 잡는다.

곧은 성품의 꿋꿋한 가지마다
너울너울 넝쿨로 휘감는 능소화는
한여름 초록 물결의 홍일점이다.

커피 중독

너의 깜찍한 모습
어제 보았는데
어제 해지고 오늘 해 지면
또 보고 싶다.

보고픔을 만드는 것은
깊은 산속 샘물과 같다
보고 싶은 마음이 퐁퐁 솟는 걸 보면
너에게선 마법의 향기가 나는 게 분명하다.

이끌림이 되어 너의 포로가 되어버린 나
내가 너에게 중독되었다는 사실
설령 니가 내 심장박동 수를 빨리 뛰게 한다 해도
너와 함께한 이 아침을 원망하지 않으련다.

꽃씨

죽음이 먼저냐 삶이 먼저냐

꽃씨가 땅에 툭 떨어졌다

내 삶이 팍팍하니
씨앗 하나 가만히 바라본다.
꽃씨를 어떻게 싹 틔울지 답이 보인다.
꽃씨는 눈 속에서 싹을 틔우지 않고 견뎌낸다.
어느 날 환희의 봄볕과 촉촉한 흙을 만나면
비로소 양수를 터트린다.

꽃씨 하나가 한 해의 계절을 살고
역사를 만들어 말 없는 가르침으로
쉼 없이 흘러갔다.
마치 내 유년 시절을 우리 아이에게 전한 것처럼
내 조상이 나로 인해 현대를 살아가는 것처럼
죽었지만 죽지 않는 꽃씨

머물다간 자리

그 자리에선 갖가지 향기가 난다.

꽃향기 같기도 하고, 과일 향기 같은
그리고 너와 입맞춤에 녹아 난
어제의 흔적은 또다시 오늘을 살게 한다.

自我

껍데기는 벗어버리고
파란 하늘에 나를 던지면
내 것이 아닌 나는 산속을 헤매고
내가 진정 갈망하는 것은 바다에 숨는다.

애인

바라만 봐도
기분좋아지는 여자이고싶다
바라 볼수록 빠져드는
거울속처럼
내가 바라보는 나에게도
예쁜 애인이고싶다
꽃이 향기가 있어
아름다운 것처럼
나에게도 향기가 있어서
그를 안정시키고
또다른 꽃이 그의 얼굴에
피어나면 좋겠다

애인

듣기만 해도 설레는 마음
그대에게 안기고싶은 마음
나는 그런 당신의
애인이고싶다
바라만 봐도 그냥좋은
그런 꽃 아닌 꽃같은 여자
상사화가 아닌 연리지로
살았으면 좋겠다

강사랑 님의 시 애인을
죽봉 임성근 書

94

애인

바라만 봐도 기분 좋아지는
여자이고 싶다
바라볼수록 빠져드는 거울 속처럼
내가 바라보는 나에게도
예쁜 애인이고 싶다.

꽃이 향기가 있어 아름다운 것처럼
나에게도 향기가 있어서
그를 안정시키고 또 다른 꽃이 그의 얼굴에
피어나면 좋겠다.

애인,
듣기만 해도 설레는 마음
그대에게 안기고 싶은 마음
나는 그런 당신의 애인이고 싶다.

바라만 봐도 그냥 좋은
그런 꽃 아닌 꽃 같은 여자
상사화가 아닌 연리지로 살았으면 좋겠다.

제목 : 애인
시낭송 : 최명자
스마트폰으로 QR 코드를 스캔하면
시낭송을 감상할 수 있습니다.

95

오늘도 널 생각하며

널 생각하는 시간에는
조용한 꽃바람이 살며시 가슴에 와 닿는다

생각은 보고픔을 낳고
보고픔은 그리움이 되어
무지개 넘어 같은 공간에서
해와 달을 보며 사랑을 꿈꾼다.

늘 용기가 되어 주는 사람
사소한 안부를 건네며 사랑을 부르는 사람
바람이 되었다가 꽃이 되기도 하는 사람
내 심장에서 멀지 떨어져 있어도 내게로 와서
숨이 되는 사람
오직 한 사람

나는 오늘도 널 생각하며
봄을 그리고 여름을 만들며
가을을 채색하고 겨울 사랑을 이야기한다.

제목 : 오늘도 널 생각하며
시낭송 : 김락호
스마트폰으로 QR 코드를 스캔하면
시낭송을 감상할 수 있습니다.

너에게로 간다

눈송이가 몽올, 몽올 예쁘게 내리면
그리움은 꽃잎처럼 붉게 물들고
눈 오는 밤을 따뜻함으로
어둠을 덮어버리는 우리 사랑이련다.

별들도 잠을 자고 달빛도 쉬는 날
너와 함께 있는 것만으로도 행복해
이 하얀 겨울밤 너에게로 가련다.

사각, 사각 반짝이는 눈길을 걸으며
가슴으로 녹여 주는 따뜻함이
어둠을 덮어버리는 우리 사랑이련다.

별들도 잠을 자고 달빛도 쉬는 날
너와 함께 있는 것만으로도 좋은
이 하얀 겨울밤 너에게로 가련다.

제목 : 너에게로 간다
시낭송 : 김지원
스마트폰으로 QR 코드를 스캔하면
시낭송을 감상할 수 있습니다.

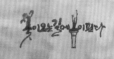

소주 한 잔에

노을이 익어 갈 무렵
한 잔의 소주도 붉게 익어간다.

소주 한 잔이 그리움이다.
한여름의 파도 신음소리로
옛 애인이 저만치에서 걸어오고 있다.

소주 한 잔이 모든 것이다.
맑은 물은 붉은 피가 되어
심장을 노크하면 세상은 다 내 것이다.

소주 한 잔에 바다를 담고 하늘을 담으면
그대는 별이 된다.
그 별을 내 눈 속에 담는다.

다행이네

인생을 살면서
욕심을 버려야 할 때
감사가 오고 그다음엔 행복이 오고
사랑이 피어난다.

사랑의 마중물은
내 마음에서 "다행이네"
이 한 마디 나오는 순간이다.

정직하게 살자
착하게 살자
예쁘게 살자

아프고 일어나 다시 얻은 삶
통증 없는 시간을 최선으로 근심하지 말고
웃으며 살자

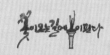

너는 나무다

꿈이 있는 나무이기에 봄이 희망이다.

나무의 꿈

바람이 오고 햇살이 다녀간 사이
나무 물관에는 벌써 봄이 자리한다.

뼛속까지 시렸던 어제를 잊고
겨울나무는 봄에게 집중할 때
열정은 하늘을 열고
잃었던 청춘은 엷게 나이테를 그린다.

꽃이 피는 것은
봄이 주는 선물이다.

봄은 마른 나뭇가지마다
반짝이는 별을 선물하고
잎이 없는 뿌리에게
귓속말로 사랑을 속삭인다.

나무의 꿈은 봄이다
산이 되어보리란 마음으로
먼 길 찾아온 계절을 품는다.

너는 나무다
꿈이 있는 나무이기에 봄이 희망이다.

제목 : 나무의 꿈
시낭송 : 박순애
스마트폰으로 QR 코드를 스캔하면
시낭송을 감상할 수 있습니다.

겨울등대

눈이 오지 않은 겨울 가뭄에 갈증이 난다.
갈증이 나서 바닷물을 마셨다.
바닷물은 술이 되어 출렁거리지만 취하지 않는다.

나는 그 자리 변함없이 지키고 있는데 세월은 어느덧 젖먹이
아기를 큰아이로 만들어 버렸다.

오늘도 최선의 노력으로 피아노 발성 연습을 하지만 10년이
되어도 그 자리다.

밤이 내려앉은 깜깜함에 등불을 밝혀야 한다.
거침없이 출렁거리는 파도를 견디며 달려오는 배 한 척의 심장
소리를 들어야 하기 때문이다.

늘 변함없이 기다리는 마음 하나 등대여!

저녁 식탁은 널브러져 있다.

아침에 먹다 남은 해장국과 우유와 맥주 한 캔이 전부인 겨울

등대의 만찬이다. 그리고 뜨다만 털목도리가 식탁 구석에

자리한다.

완성되지 않은 털목도리는 겨울 찬바람을 막아 줄 거라는 희망의

입김을 내고 있다.

제목 : 겨울 등대
시낭송 : 박영애
스마트폰으로 QR 코드를 스캔하면
시낭송을 감상할 수 있습니다.

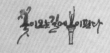

복수초의 미소

"작은 아기씨,
간밤에 잘 주무셨나요?"

노란 얼굴빛
따뜻한 모습으로 기지개를 켜며
봄을 깨우는 예쁜 우리 아기씨가 미소 짓는다.

꽃잎 하나에 잊으라
가슴에 한 맺힌 슬픈 추억을

꽃잎 하나에 시작하라
별이 될 수 있는 열매로

꽃잎 하나에 봄을 일으켜라
허공에 빛나는 미소로

찬 서리 내린 어제의 에움길에서
빛은 밝아오고 우리 애기씨 눈물은 꽃으로 핀다.

무조건 웃는 거야

나를 슬프게 하는 사람들
나를 기쁘게 하는 사람들

나를 보며 활기가 나는 사람
나를 기쁘게 하고

나에게 상처를 주는 사람
나를 슬프게 합니다.

꽃이 좋은 향기를 만나고
향기는 예쁜 꽃을 만나
꽃향기가 됩니다.
꽃과 향기의 만남처럼
나와 함께하는 인연이 꽃향기가 되었으면 좋겠습니다.

오늘 아침 해가 둥실 떴습니다.
사랑 찾아 행복 찾아
무조건 웃어봅니다.
행복도 사랑도 내미소 안에 있으니까요.
내가 사랑하는 이를 위해
슬퍼도 웃어봅니다.

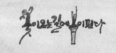

가을은 슬픈 계절

가을이라 가슴이 더 아프다
그냥 삶에 울음이 가득하다
누구 황금 들녘을 보고 풍요롭다 했던가
나는 그저 쓸쓸하기만 한데
찬바람이 가슴을 뚫고 스쳐 지나가니
가을 하늘처럼 내 가슴에도 멍이 들었다
세월의 흐름은 가을에 느끼는 거더라

진통제 한 알이
느닷없이 찾아온 가을의 슬픔을 위로한다

스스로를 치유하지 못한 바보.
나는 내 기분도 내가 감당하지 못하여
아무도 모르게 손수건 적신다

가을에 울어 본 사람은
사랑을 받아 본 사람이고
사랑을 줘 본 사람이고
사랑을 떠나보낸 사람이다
사랑을 모른 사람도 가을은 아프다

내 사랑하는 사람아!
가을은 원래 슬픈 계절
울지 말자
혹여 내가 낙엽 따라간다 하여도
울지 말고 그대가 낙엽 된다 해도
나 울지 않으리.

내 눈에 바닷물을 담고 있나 보다
뜨거운 가을볕에도 마르지 않고
출렁거리며 찻잔에 진주알 떨어지는 걸 보면 분명
진주를 품고 있는 조개가 있을지도 모른다.

제목 : 가을은 슬픈 계절
시낭송 : 박영애
스마트폰으로 QR 코드를 스캔하면
시낭송을 감상할 수 있습니다.

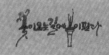

오이도 선착장에서

생과 락이 선택과 필연으로 교차되며
보이지 않는 사슬이 연결 되어 진다.

금방이라도 쏟아질 듯한 무거운 하늘빛이
수평선을 가로질러 바람을 일으키며
바다의 잠을 깨운다.
거침없이 파도는 선착장의 배들을 들썩거리며
어부들은 손과 발이 바쁘다.

포장마차에서 어느 누구의 소주 안주가 될
활어와 소라 갑오징어들이 잠잠하다가
구둣소리를 들으면 화들짝 놀라서 생을 다한다.

통속에 들어 있는 그들의 死로 누군가의 生이 되고
또 그 누군가에게 樂이 되는 인생 진리를 찾으려고
오늘 처음 만나는 갈매기 한 쌍이
바다 이야기를 주워 담으며 내일을 꿈꾼다.
더 넓은 바다를 항해할 거라며
낯설지만 늘 노는 곳이 바다이기에
두려움 물리치는 용기로 낮은 하늘을 비행한다.

갈매기 조나단 리빙스턴이 끼룩끼룩하며
"멀리 날은 갈매기가 멀리 본다"

운수 좋은 날

잠 없이 꿈을 꾸었다.

노을 그려진 하늘은 붉은 알갱이들이 흩어지고
그의 가슴에서 솟아난 적혈구들도 온몸으로
흩어져 가을 연가를 부른다.

전어구이 고소한 냄새와
새우의 뽀얀 속살을 녹여 먹는
달뜨기 전 초저녁 달빛이 기웃하며
서성이는 바닷가 모퉁이 횟집에서
화로가 열정을 다한다.

가을밤 바람 잔잔하고
파도 소리 고요한데
내 님 목소리 들어볼까?
오선지를 타고 흘러나오는 음표들이
파르르 떨면서 가슴을 파고들어 침묵한다.

어메 젖가슴이 그리운 날
바다에 걸린 태양은 홍시 되어 대롱거리고
눈물바다에 빠진 홍시 먹으며
허무한 빛을 구름에 가려 감춰버렸다.

109

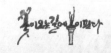

봄으로 피어난 꽃은

살빛으로 하루를 에워싸며

행복으로 잉태한 사랑에

황홀한 하루의 기적이 일어납니다.

봄을 잉태하다

3월 아침에 봄볕이 옷을 벗고
하늘도 세수하고 소풍 나왔습니다.

모처럼 시력을 되찾은 봄눈이
살구꽃이랑 매화 앵두꽃에게
달콤한 키스로 잠을 깨웁니다.

봄으로 피어난 꽃은
살빛으로 하루를 에워싸며
행복으로 잉태한 사랑에
황홀한 하루의 기적이 일어납니다.

3월의 하루는
그 어느 바람도 닿지 않는
처녀 가슴처럼 설렘은 피어나고
아가의 젖줄인 어미의 가슴에선
내일의 문이 열립니다.

그대 향기가 풍경소리에 닿았다.

풍경소리

가을바람이 풍경소리를 그린다
그대 향기가
풍경소리에 닿았다.

흰 눈에 덮인 이팝나무

푸르름을 자랑하는 오월에도
나뭇가지에 흰 눈이 쌓여 있다.

정열을 태우려는 태양 빛에도 흐트러짐 없는
눈부신 이팝나무의 자태는
오월에 핀 겨울 눈꽃 여왕의 귀환이다.

너는
눈 쌓인 겨울날 나와의 추억 하나
떠올리며 나무 아래서 지그시 눈을 감을 것이며
나는
여름을 향해 길 떠나는 봄을 배웅하며
꽃과 향기 그리고 추억으로
너와 나는 우리가 되어
이팝나무 가로수 길로 오월을 걸어간다.

설탕 국수 먹는 베짱이

백설탕 위에 국수 가닥을 돌리고 돌려서
설탕 범벅 국수를 말아 올리면
달달한 그 맛에 침샘이 도는
그 베짱이의 식탁이다.

달달한 사랑, 달콤한 행복
이것이 노래할 수 있는 에너지가 된다.
노래가 달달한 설탕 같은 거다.

당신을 만나는 것이 이런 거 아니겠어?

전국 팔도를 돌며
기타 하나 둘러메고
설탕 맛 나는 웃음 한 보따리 팔면
사랑 하나가 행복으로 뚝 떨어진다.

여름 하루가 너무 짧다.
겨울이 오면 누군가는 날 찾겠지
풀 더미에서 부르던 달달한 노래를 기억해주겠지.

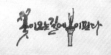

행복 프레임

행복 없음이 행복이요
근심 없음이 행복이라.

행복이라는 것이 색도 형태도 없어
내가 "이것이 행복이요" 하면
새롭게 만들어지는 것이 행복 프레임이다.
사는 게 뭔지.......
큰 숨 쉴 때 나오는 작은 호흡이
무심코 지나치는 행복 아니겠는가?

내가 지금 여기 머물고 있음이
삶인 것이다.

당신이 웃어주면 나는 그 웃음으로 행복하겠다.

장마

설움의 눈물이 자꾸 흐른다
빗줄기는 차창에 부딪혀서
물방울로 부서져 또다시 흐른다
분노, 아픔, 한숨, 기대, 사랑, 그리고 젊음
이런 방울들이 삶이라면
죽음은
아무것도 모른다.
이것은 살아있는 자의 슬픈 물방울 정도쯤

비가 대지를 살리기 위해서라면
눈물 또한 내 마음을 살리기 위함이다.

그대여
살기 위해 울어라

겨울바람이 순해지니 바다가 고요하다.

겨울등대의 빛 더듬이 (키스)

거친 숨소리가 파도를 세운다
서로 다른 입술이 포개지는 순간
촉수가 살아야 할 온도를 측정한다.

살아야 한다는 것은
더듬이에서 촉을 세우며
온도를 올려 어두운 동굴의 천장과 벽과 바닥을
모두 훑어내려야 비로소
호흡하는 길이는 스타카토를 찍으며
길게 늘어진 햇발에 푸른 바다는 은빛 물결로 반짝이며
열정을 노래하는 바다가 된다.

입맞춤 되는 시간은 짧고
빛 더듬이의 그리움은 여운을 남긴다.

겨울바람이 순해지니 바다가 고요하다.

붙박이별

사는 일이 각다분할 때
그린내 그대를 바라봅니다.

내가 그림을 그리고 노래를 부르면
그대는 옆으로 와서
꽃불로 타오르는 붙박이별이 되어 든든합니다.

어느 여름밤
부르고 싶은 이름에 나는
샛바람 되어 그대 곁으로 갑니다
에움길 지나 가온누리 되어 웃으며 피는
곱살스러운 꽃이 밤 마루에 피어납니다.

멀리 있어 애잔한 가슴
가까이 시린 눈빛으로 바라보면
그대의 성끗한 모습은
온 누리에 기쁨의 빛으로 더욱 미추룸합니다.

뜻풀이
* 붙박이별 : 북극성(가장)
* 각다분하다 : 일을 해나가기가 매우 힘들다
* 꽃불 : 이글이글 타오르는 불. 불꽃
* 샛바람 : 동풍
* 곱살스러운 : 외모나 성질이 예쁘고 곱다
* 에움길 : 에워서 돌아가는 길
* 가온누리 : 세상의 중심
* 애잔하다 : 가냘프고 약해서 애틋하다
* 성끗 : 다정하게 눈웃음치는 모양
* 미추룸하다 : 매우 젊고 건강하여 아름다운 태가 있다

껌딱지(반려견.하쿠송)

껌인가 내가 껌인가 봐

너 없이 난 외로워

너 없을 땐 무슨 낙으로 살았는지 몰라

잠시만 떨어져 있어도 난 니가 너무 보고 싶어

우리 서로 껌인가 봐

하쿠야 하쿠야 보고 싶은 하쿠야

우리 세수하고 맘마 먹자 하쿠야

떨어져 있어도 우리는 같은 생각

함께 있으면 너의 체온 그대로 느끼며

사랑으로 절대 복종하겠다는 그 눈빛에

살살 녹는 나는 너의 포로가 되어버리지

껌인가 니가 껌인가 봐

나 없이 넌 외로워

나 없을 땐 사랑을 몰라

내 품에 있을 때 편안한 너는 엄마를 그리워하지

우리 서로 껌인가 봐

하쿠야 하쿠야 보고 싶은 하쿠야

우리 산책하고 개껌 먹자 하쿠야

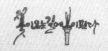

4. 노래로 시를 이야기 하다

 제목 : 도전해봐요
작곡, 노래 : 정진채

 제목 : 상사화
작곡, 노래 : 정진채

 제목 : 오이도 연가
작곡, 노래 : 정진채

 제목 : 너에게로 간다
작곡, 노래 : 정진채

스마트폰으로 QR 코드를 스캔하면 노래를 감상할 수 있습니다.

제목 : 절정

운명을 안고 가는 길
소리 한 번 힘차게 질러
오늘 죽어도 되는 사랑하나 외쳐본다.

도전해봐요

강사랑 작사
정진채 작곡

도전해 봐요 나와함__께__ 도전해 봐요__ 이세상을바 꿔봐요

도전해 봐요__ 우리함__께__ 도전해 봐요__ 이세상을바_꿔봐요

꿈은목표가운데서 있고__ 한발두발가 야할길 희망을안_고
당신향기가득한곳 으로__ 이_세상을 바꿔 요

기 쁠때나 늘_플때나__ 용기있게_도 전해요__
당신느낌가득한곳 으로 이세상을_즐 겨봐요

도전해 봐요 나와함__께__ 도전해 봐요__ 이세상을바_꿔봐요

도전해 봐요__ 우리함__께__ 도전해 봐요__ 이세상을바 꿔봐요

제목 : 도전해봐요
작곡, 노래 : 정진채
스마트폰으로 QR 코드를 스캔하면
노래를 감상할 수 있습니다.

상사화

강사랑 시
정진채 곡

오이도 연가

강사랑 시
정진채 곡

너에게로 간다

강사랑 시
정진채 곡

눈송이가 몽올몽올 예쁘게내 리면_ 그리움은꽃 잎처럼붉_ 게물_들고

눈송이가 몽올몽올 예쁘게내 리면_ 사각사각반 짝이는눈_ 길걸_으며

눈오는밤_____ 따뜻함으로_ 어둠을덮어버리는 우리사랑_

가슴으로녹여주는 따뜻함으로_ 어둠을덮어버리는 우리사랑_

별들도잠을자 고 달빛도쉬는 날 너와함께있는것 만으로 행복해_

별들도잠을자 고 달빛도쉬는 날 너와함께있는것 만으로 좋은_____

이하얗겨울밤____ 너에게로가련 다 행복이있 는곳으로___ 가련 다

제목 : 너에게로 간다
작곡, 노래 : 정진채
스마트폰으로 QR 코드를 스캔하면
노래를 감상할 수 있습니다.

강사랑 제2시집

2019년 12월 6일 초판 1쇄
2019년 12월 11일 발행
지 은 이 : 강사랑
펴 낸 이 : 김락호
표지, 삽화 그림 : 강사랑
캘리그래피스트 : 임성곤
디자인 편집 : 이은희
기 획 : 시사랑음악사랑
연 락 처 : 1899-1341
홈페이지 주소 : www.poemmusic.net
E-Mail : poemarts@hanmail.net

정가 : 12,000원
ISBN : 979-11-6284-163-1